AF331613

INVOCATIONS

A LA PAIX.

M. DCC. LXIII.

INVOCATIONS

A LA PAIX.

NOUS n'avons point chanté la guerre,

Il faut du moins chanter la paix.

Cher objet de tous nos souhaits

Reviens habiter sur la terre

Pour en écarter les regrets

Qui molestoient les Portugais,

Le Rhin, la France & l'Angleterre.

Laisse reposer le tonnerre;

Eteins-le plutôt pour jamais

En étouffant l'ardeur guerriere.

Fais-nous admirer la beauté

Qu'offre ta face dévoilée;

Car quoique souvent violée,

Tu n'en as pas moins rapporté

La fleur de ta virginité.

Cet exemple se renouvelle,

A ij

[4]

Et l'on voit souvent à Paris
Plus d'une fringante Laïs
Qui depuis six ans est pucelle,
Et se fait payer comme telle
Par nombre de ses favoris,
Quoique communément la belle
Ait favorisé vingt amis.
Viens faire régner dans le monde
Cette tranquillité profonde
Qui donne la félicité,
A l'humaine société ;
Et que par tes soins salutaires
Tous les mortels vivent en freres.
Je te vois sur ton Trône assis,
Terrible fléau de la guerre ;
Tu foules aux pieds des débris
De têtes, de bras, de Coccis.
Remparé d'arme meurtriere,
Secretement tu t'applaudis
De ton triomphe sanguinaire,
Tandis que les foibles mortels
Qui vont encenser tes Autels,
Pour prix de leurs vœux homicides,
N'obtiennent que les Invalides.
Quelle fureur ! quelle manie

Nous porte à la deftruction !
Ne voyons-nous pas que la vie
Eft prématurément ravie ,
Sans qu'on cherche l'occafion
De briller dans une action ?
Il faut du moins qu'on examine
Qu'un coup reçu fait plus de mal ,
Que cent qu'on donne à fon rival ,
Ne font de bien à la machine.
Dans le tumulte des combats ,
L'on cherche à fignaler fon bras :
Mais bien-tôt un boulet perfide ,
Sans diftinction des états ,
Très-indifféremment décide
Du fort d'un lâche ou d'un Alcide ,
Et les met tous les deux à bas.
Un inftant de leur fort décide ;
Et trois jours après leur trépas ,
Le Public ne s'en fouvient pas.
Notre aveuglement eft étrange ,
Malgré mille exemples certains ,
De tous les tems rien ne dérange
Le deftin des pauvres humains.
Fatal égarement de l'homme !
Sans s'être ni vu , ni connu ,

L'on se poginarde , l'on s'assomme

Pour un intérêt inconnu.

Que de frais ! que d'argent perdu !

Pourquoi cette faim sacrilege ,

Pourquoi tant de sang répandu ?

C'est pour quelques arpens de neige

Placés dans un pays perdu.

Par une sage expérience ,

Par les efforts de la prudence ,

D'ESTREZ a sçu nous préserver ,

De l'astuce & de la vaillance

D'un rival qu'il faut observer.

En se servant de la finesse ,

Qui marque un esprit prévoyant ,

Il a déconcerté l'adresse

D'un adversaire vigilant.

SOUBISE , instruit dans l'art de plaire ,

A rangé les cœurs sous sa loi.

Sage , courageux , populaire ,

Et toujours l'ami de son Roi.

Le vrai François lui rend justice :

Il commandoit dans des climats ,

Où les détours & l'artifice

Décident du sort des combats.

A-t'il prodigué vos soldats ?

Ou par des projets téméraires,

Dont son intérêt fût le prix ,

A-t'il augmenté les débris

De ces gazettes meurtrieres,

Dont les désœuvrés de Paris

Font leurs délices éphémeres ,

Jugeant de tout sans être instruits ?

Non ; il écoutoit les avis :

La modestie & la prudence

Ont sans cesse guidé ses pas ;

Il marchoit avec prévoyance :

Quel héros eût en pareil cas ,

Servi plus sagement la France ?

Par le plus généreux transport ,

Par une grandeur héroïque ,

Qui maîtrise les coups du sort ,

Condé dès sa jeunesse indique

La valeur du sang dont il sort.

Dans le beau feu qui l'aiguillonne ,

Il prouve que Mars & Bellonne ,

Pour assurer notre repos ,

Ont répandu sur sa personne

Toutes les vertus des héros.

Castres, Belzunce, & vous Guerriers ,

Qui dans la flamme & les tempêtes

A iv

'Avez recueilli des lauriers,

Venez jouir d'autres conquêtes.

L'Amour vous prépare à Paris

De tendres, de nouvelles fêtes :

Et la Déeſſe de Cypris,

Veut auſſi couronner vos têtes,

En vous préparant de bons lits,

Qui vous dédommagent des nuits,

Où triſtement deſſus la dure,

Vous étiez ſujets à l'injure

Des mauvais tems & des frimats,

Au détriment de la nature

Qui ne s'en applaudiſſoit pas.

    Divine Paix ! ſous tes auſpices

Le Commerce va refleurir.

Graces à tes regards propices,

Paris va toujours s'embellir,

Et les plaiſirs vont revenir.

Nous feront de belles orgies,

Et guidés par un doux tranſport,

Nous mettrons dans nos litanies,

Les noms de Choiſeul & Bedfort.

Le vin coulera dans la rue ;

L'eſprit content & l'ame émue,

Le peuple ſera ranimé,

De voir une place encore nue,
Se décorer de la Statue
D'un Roi juftement bien aimé.
Les Etrangers en affluence
Viendront voir ce fpectacle-là ;
Et partager leur abondance
Avec nos Filles d'Opéra,
Qui fe trouvoient en pénitence.
L'ouvrier quittant fon réduit,
Boira le jour, rira la nuit ;
Et par de joyeux Bacchanales,
Il augmentera le produit
Du Bail des Fermes générales.
Chacun chantera tes attraits :
Mais du bonheur qui t'accompagne,
Pour mieux affurer le fuccès,
Fais, Déeffe, que tes bienfaits
Se répandent fur la campagne.
Que le tranquille Laboureur,
Pour nous alimenter travaille ;
Que pour le prix de fa fueur,
Il puiffe élever fa marmaille,
Sans être excédé de la Taille,
Du Vingtiéme & du Collecteur,
Qu'il vuide gayment fa futaille.

Victime d'un fort inhumain,
Ses befoins font liés aux nôtres ;
Et faut-il qu'il meure de faim,
Tandis qu'il fait vivre les autres ?
Que le Dimanche, en fon hameau,
Animé d'une ardeur extrême,
Il aille danfer fous l'ormeau,
Avec la Bergere qu'il aime,
Au fon flatteur du chalumeau.
Que le foir après fon ouvrage,
Pour fa femme il ait des defirs,
Et fans crainte dans fon ménage,
Qu'il fe livre aux tendres plaifirs
De reproduire fon image,
Afin de devenir auteurs
D'un peuple de cultivateurs,
Qui fe provigne d'âge en âge.
LOUIS, ce bien fi defiré,
Eft un des fruits de ta tendreffe.
Toujours grand, toujours modéré,
Notre bonheur qui t'intéreffe,
Paroît le mobile affuré
Qui détermine ta fageffe.
Epris des folides grandeurs,
Tu méconnois la vaine gloire

Qui ne cauſe que des malheurs :

Et l'on t'inſcrira dans l'Hiſtoire ,

Comme le Conquéranr des cœurs.

Sous toi des Miniſtres fidéles ,

Cherchent à ſeconder tes vœux ;

Et nous ſerons toujours heureux ,

Tant qu'ils copieront leurs modéles.

AUTRE.

Que la trompette en main une Muſe guerriere ,

Célébre les combats & la valeur altiere ,

Qui fait du genre humain un ſpectacle d'horreurs ,

Et porte l'épouvante & la mort dans les cœurs :

Du bonheur des mortels , ma Muſe pénétrée ,

Voudroit les ramener au régne heureux d'Aſtrée.

Souveraine des Arts , Mere de l'Univers ,

Reçois , divine Paix , mon encens & mes vers !

Diſſipe pour jamais des préjugés ſauvages ,

Et rends-nous plus heureux en nous rendant plus ſages.

Le penchant qui nous fait incliner vers le mal ,

Dans la nature même a ſon germe fatal.

Au ſein de la douleur l'homme à peine reſpire ,

Que ſes premiers efforts ne tendent qu'à détruire.

Il eſt impatient , & ſes débiles bras ,

Semblent s'armer déja pour livrer des combats.

Dès qu'il peut marcher ſeul , les jeux de ſon enfance ,

L'inſtruiſent à former l'attaque & la défenſe.

Il s'excite , il jouit du plaiſir inhumain

De frapper , de briſer ce qu'il a ſous ſa main.

Un paiſible animal , une frêle machine ,

Sont bien-tôt immolés au goût qui le domine :

Et jaloux d'être armé , ſes plaiſirs les plus doux ,

Sont de voir ce qu'il aime abattu ſous ſes coups.

La force par degrés ſecondant ſon courage ,

Sa fierté ſe déploye & s'accroît avec l'âge :

Il conſacre ſon bras à de nouveaux exploits ,

Et s'exerce à dompter les habitans des bois.

Mais peu ſenſible au prix d'une foible victoire ,

A vaincre ſon ſemblable il attache ſa gloire.

Il s'enflamme à l'aſpect des armes , des chevaux ,

Et brûle de marcher ſur les pas des héros ,

Dont les noms conſervés au Temple de Mémoire ,

Des malheurs de ce globe éterniſent l'Hiſtoire.

L'homme , des paſſions eſclave infortuné ,

Se rendit criminel auſſi-tôt qu'il fut né.

L'amour-propre aveugla les peuples de la terre ;

L'avarice , l'orgueil enfanterent la guerre :

Et notre auteur commun vit ſes premiers enfans ,

L'un par l'autre immolé, s'ériger en Tyrans.

La superstition, l'amour, la jalousie,

Armerent les humains pour s'arracher la vie;

Et le crime enhardi, sous le nom de valeur,

Apprit à déguiser sa coupable fureur.

La folle ambition arma des parricides :

L'Europe fut en proye à des mains homicides;

Et les droits du plus juste assis au premier rang,

Souleverent l'envie avide de son sang.

Un traître, un assassin asservit sa patrie,

L'on saccagea l'Afrique, on mit en feu l'Asie :

Alexandre, César, Marius & Sylla,

Auguste, Mahomet, Gengiskan, Attila,

Furent de vrais fleaux, dont le Dieu des vengeances

Affligea les mortels pour punir leurs offenses :

Et le peuple opprimé par de cruels rivaux,

Eleva des autels à ses propres Bourreaux.

Dieu nous éclaire en vain. Barbares que nous sommes !

Dans un monde nouveau nous massacrons les hommes :

Nous pillons leurs trésors; & d'effrayans secrets

Font dans l'art meurtrier redouter nos progrès.

Le bois, le fer, l'acier assuroient le carnage :

Quoi ! falloit-il encor pour servir notre rage,

Qu'un salpêtre embrâsé, dans son bruyant effort,

Par cent foudres d'airain multipliât la mort ?

Fatal aveuglement ! qu'accréditent encore

Ces fignes impofans, ces noms dont on décore

Le Guerrier qui préfére un titre deftructeur

A l'emploi bienfaifant de pacificateur.

Pour élever un fils objet de fes allarmes,

Une mere eft vingt ans dans les foins, dans les larmes;

Un pere qui déja fe voit revivre en lui,

Compte dans fa vieilleffe y trouver un appui :

Un combat hazardé, l'attaque d'une ville,

Sous les coups du foldat en font périr vingt mille,

Dont le ftérile honneur eft de livrer leur bras

Pour un vain intérêt qu'ils ne connoiffent pas.

Les plus infortunés dans ce défaftre extrême,

Sont ceux qui furvivant à la moitié d'eux-même,

N'offrent plus qu'un tableau de mifere & de maux.

Ils accufent le fort, l'Etat, les Généraux;

Et traînent pour garants de leurs exploits funeftes,

D'un corps tout mutilé les déplorables reftes.

L'amour-propre, féduit par l'efpoir du fuccès,

Sous un Laurier trompeur nous cache le Cyprès.

Mais quand une valeur prudente & peu commune,

Sçauroit à notre char enchaîner la fortune,

Un cœur noble & fenfible eft-il moins révolté

De n'être l'inftrument que de la cruauté ?

Peut-on voir fans horreur le meurtre, le pillage,

Qu'un farouche vainqueur trace fur fon paffage?

Ces Temples embrâfés, ces monceaux palpitans

De corps défigurés, de cadavres fanglans :

Ces Vierges que pourfuit une fureur infâme,

Ces pays dévaftés par le fer, pat la flâme ;

Ces riches monumens, ces chef=d'œuvres de l'art,

Pris par d'indignes mains, & brifés fans égard :

Ces vieillards, ces enfans, innocentes victimes,

Cet affemblage enfin des plus monftrueux crimes ?

La nature en frémit. Ton régne, aimable Paix,

N'eft point deshonoré par de fi noirs forfaits.

Sous tes paifibles loix, le Citoyen tranquile,

Voit la félicité protéger fon afile.

Le Laboureur, pour prix de fes pénibles foins,

Recolte fes moiffons, pourvoit à nos befoins.

La Juftice te fuit, & ta douce influence

Encourage les Arts, fait naître l'abondance.

Le Commerce fleurit : tu répands dans les cœurs

L'amour de la vertu, des talens & des mœurs.

Viens donc Fille du Ciel, établir ton empire,

Chez un Peuple éclairé qui t'implore & t'admire.

Son courage, ennemi de la férocité,

N'afpire qu'aux douceurs de la fociété ;

Et le meilleur des Rois dépofant fes trophées,

Voudroit voir la difcorde & la haine étouffées.

L'équité qui le guide, a gravé dans ſon cœur,

Que ton culte affermi fixe le vrai bonheur ;

Et que d'un Souverain l'auguſte caractere,

Eſt d'aimer les humains & d'en être le pere.

F I N.